일생일대의 거래

DITT LIVS AFFÄR (English title: The Deal of a Lifetime)
by Fredrik Backman

일생일대의 거래

프레드릭 배크만 소설

이은선 옮김

다산책방

본격적으로 시작하기에 앞서

이건 한 생명을 구하려면 어떤 희생을 치를 준비가 되어야 하는지를 다룬 짧은 이야기다. 미래뿐 아니라 과거까지 걸린 문제라면 어떻게 해야 하는지. 당신이 앞으로 가게 될 길이 아니라 뒤에 남긴 발자취가 걸린 문제라면 어떻게 해야 하는지. 그게 전부라면, 그게 당신의 전부라면 누굴 위해 당신을 내어 줄 수 있을까?

나는 2016년 크리스마스 직전의 어느 날 밤 늦은 시각에 이 작품을 썼다. 아내와 아이들은 팔을 몇 번 뻗으면 닿을 만한 거리에서 잠을 자고 있었다. 나는 몹시 피곤했다. 길고 신기한 해이기도 했고, 가족들이 내리는 선택에 대해 고민이 많기도 했다. 날마다 모든 곳에서 우리는 이 길 아니면 저 길을 걷는다. 놀러 다닌다. 집에 있는다. 사랑에 빠지는가 하면 서로의 옆에서 잠이 든다. 누군가에게 마음을 완전히 빼앗겨본 적이 있어야 시간의 의미를 제대로 깨달을 수 있음을 느낀다.

그래서 그런 이야기를 써보고 싶었다.

원고는 내가 살던 스웨덴 남단 헬싱보리의 지역신문에 소개됐다. 여기에 등장하는 장소는 모두 실제로 존재하는 곳이다. 나는 병원에서 모퉁이를 돌면 나오는 학교에 다녔고, 등장인물들이 술을 마시는 술집의 사장은 내 어린 시절 친구들이다. 나도 거기서 인사불성으로 취한 적이 몇 번 있다. 헬싱보리 근처에 올 일이 있으면 강력 추천한다.

지금은 가족들과 함께 헬싱보리에서 북쪽으로 6백 킬로미터 떨어진 스톡홀름에서 산다. 그러니까 돌이켜보면 이 작품은 내가 그날 밤에 아내와 아이들이 잠든 침대 옆 바닥에 앉아서 떠올린 사랑과 죽음에 대한 단상뿐 아니라 내가 자란 곳에 대한 느낌까지 담고 있는 듯하다. 사람들은 누구나 가슴속 깊이 그런 느낌을 간직하고 있을지 모른다. 고향은 절대 벗어날 수 없지만, 그렇다고 집처럼 언제든 돌아갈 수 있는 곳도 아니라는 느낌 말이다. 이제는 거기가 집이 아니지 않은가. 우리가 화해하려는 대상은 고향이 아니다. 그곳의 길거리와 건물이 아니다. 당시 우리의 모습이다. 그리고 그때 꾸었던 그 많은 꿈을 이루지 못한 우리 자신을 용서하려는 것일지도 모른다.

어쩌면 여러분에게는 이 이야기가 기묘하게 느껴질지도 모르겠다. 그런 분들에게는 길지 않은 이야기라 금방 끝날 테니 다행이다. 하지만 어린 시절의 내가 이 이야기를 읽는다면…… 음…… 무섭다고 생각하지는 말아주었으면 좋겠다. 우리 둘이 나가서 맥주를 한잔할 수도 있지 않을까. 선택을 주제로 대화를 나눌 수도 있지 않을까. 내가 가족사진을 보여주면 그는 이렇게 얘기할 것이다. "괜찮네요. 괜찮게 살았네요."

아무튼 이게 내가 준비한 이야기다. 짬을 내서 읽어주어서 감사하다.

사랑을 담아

안녕, 아빠다. 조만간 일어나겠구나. 헬싱보리는 지금 크리스마스이브 아침일 텐데, 나는 사람을 죽였다. 나도 안다, 동화는 대개 이런 식으로 시작하지 않는다는 거. 하지만 내가 한 생명을 앗아갔다. 그게 누구인지 알면 얘기가 달라질까?

어쩌면 달라지지 않을지도 모른다. 우리는 대부분 박동을 멈춘 모든 심장이 똑같이 소중하다고 간절하게 믿고 싶어 하니까. "모든 생명이 똑같이 소중할까요?" 하고 누가 물으면 대다수가 우렁찬 목소리로 "네!" 하고 대답할 것이다. 하지만 그것도 우리가 사랑하는 사람을 가리키며 "저 사람의 생명은요?"라고 묻기 전까지의 얘기지.

내가 좋은 사람을 죽였으면 얘기가 달라질까? 사랑받던 사람을 죽였으면? 귀한 생명을 죽였으면?

어린아이였으면?

그 여자아이는 다섯 살이었다. 내가 그 아이를 만난 건 1주일 전이었다. 병원 휴게실에 조그만 빨간색 의자가 있었는데, 그게 그 아이의 것이었다. 맨 처음에 입원했을 때는 다른 색이었지만 아이는 빨간색이 되고 싶어 하는 의자의 마음을 읽을 수 있었다. 색칠하느라 크레용이 스물두 상자나 들었지만 충당할 수 있었기에 상관없었다. 여기에서는 다들 수시로 크레용을 주니까. 그림을 그리면 병이 없어지기라도 하듯이, 색칠을 하면 주삿바늘과 약이 사라지기라도 하듯이. 그 아이는 똑똑한 아이라 당연히 그럴 리 없다는 걸 알았지만 사람들을 생각해서 모르는 척했다. 그래서 모든 어른이 보고 좋아할 수 있게 낮에는 종이에 그림을 그렸다. 그리고 밤에는 의자를 색칠했다. 의자가 진심으로 빨간색이 되고 싶어 했기 때문이었다.

아이에게는 보드라운 토끼 인형이 있었다. 이름은 '또끼'였다. 맨 처음 말을 배우기 시작했을 때, 어른들은 아이가 '토끼' 발음을 하지 못해서 그 인형을 '또끼'라고 부르는 줄 알았다. 하지만 아이가 그 인형을 또끼라고 부른 이유는 이름이 또끼기 때문이었다. 아무리 어른이라도 그건 별로 이해하기 어려운 문제는 아니지 않을까. 또끼는 가끔 무서워지면 빨간 의자에 앉아야 했다. 빨간 의자에 앉으면 덜 무서워진다는 게 의학적으로 입증된 바는 없지만 또끼는 그런 줄 몰랐다.

아이는 또끼 옆 바닥에 앉아서 인형의 앞발을 토닥이며 이야기를 들려주었다. 어느 날 밤에 나는 복도의 모퉁이에 숨어서 아이의 이야기를 엿들었다. "나는 곧 죽을 거야, 또끼. 사람은 누구나 죽어. 대부분의 사람들은 아마도 십만 년 뒤에 죽을 테지만 나는 내일 바로 죽을지 모른다는 것만 다를 뿐이지." 아이는 소곤소곤 덧붙였다. "내일이 아니었으면 좋겠어."

그러더니 복도에서 누가 걸어오는 소리가 들리기라도 한 것처럼 겁에 질린 표정으로 홱 고개를 들어서 주변을 두리번거렸다. 아이는 얼른 또끼를 집어 들고 빨간 의자에게 잘 자라고 속삭였다. "그 여자야! 그 여자가 오고 있어!" 아이는 나지막이 쏘아붙이며 자기 방으로 달려가 엄마 옆 이불 속에 숨었다.

나도 따라서 도망쳤다. 나는 평생 도망치는 중이다. 두툼한 회색 스웨터를 입은 여자가 매일 밤마다 병원 복도를 걸어오기 때문이다. 그녀는 서류 폴더를 들고 다닌다. 그 안에 모든 인간의 이름이 적혀 있다.

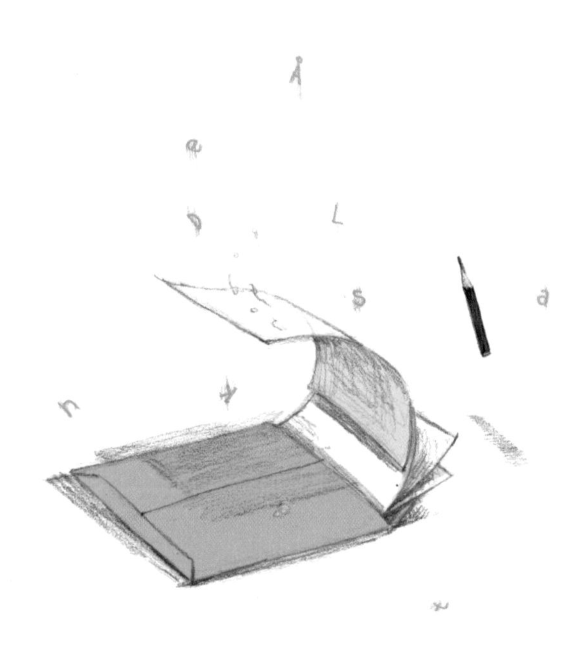

오늘은 크리스마스이브고 네가 일어날 무렵에는 아마도 눈이 녹아 있을 테지. 헬싱보리에서는 눈이 오래 쌓여 있는 법이 없으니까. 내가 알기로 몸수색이라도 하려는 듯 바람이 아래로부터 부는 곳은 여기뿐이다. 우산을 거꾸로 들어야 내리는 눈을 더 잘 막을 수 있는 곳은 여기뿐이야. 나는 여기에서 태어났지만 절대 적응되지 않는다. 헬싱보리와 나는 절대 합의점을 찾지 못할 것이다. 어쩌면 누구나 고향에 대해 그런 기분을 느낄지도 모르지. 우리가 나고 자란 곳은 절대 우리에게 사과하거나 우리를 오해했다고 시인하는 법이 없잖니. 고속도로 끝에 계속 버티고 앉아서 이렇게 속삭이는 거지. "네가 이제는 돈도 많고 입김이 센 사람이 됐을지 모르지. 비싼 시계와 근사한 옷을 걸치고 고향으로 돌아올 수도 있고. 그래도 나를 속일 수는 없어, 나는 네 본모습을 아니까. 너는 그냥 겁에 질린 꼬맹이야."

간밤에, 사고를 당한 뒤에 망가진 내 차 근처에서 사신을 만났다. 회색 스웨터를 입은 여자가 못마땅한 표정으로 내 옆에 서서 말했다. "너는 여기 있으면 안 돼." 나는 승자고 생존자기 때문에 그 여자가 너무 무서웠다. 모든 생존자들은 죽음을 무서워한다. 우리가 아직 여기서 버틸 수 있는 것도 그 때문이다. 나는 얼굴이 너덜너덜하게 찢기고 어깨는 빠진 채로 과학기술의 집결체라 할 수 있는 천오

백만 크로나짜리 쇳덩이 안에 갇혀 있었다.

나는 그녀를 향해 고함을 질렀다. "다른 사람을 데려가요! 다른 사람을 줄 테니 그 사람을 죽여요!"

그녀는 실망한 표정으로 허리를 숙이고 말했다. "그런 식으로 되는 일이 아니야. 결정은 내가 내리지 않아. 나는 운반과 이송만 관리하지."

"누구를 대신해서요? 신요? 악마요? 아니면…… 다른 존재요?" 나는 흐느꼈다.

그녀는 한숨을 쉬었다. "나는 정치에는 관여하지 않아. 내 일만 할 뿐. 이제 내 폴더 돌려주시지."

내가 입원한 건 교통사고 때문이 아니었다. 나는 훨씬

전부터 병원에 있었다. 암 때문에. 그 여자아이를 처음 만난 건 엿새 전, 간호사들 모르게 비상계단에 숨어서 담배를 피우고 있었을 때였다. 간호사들은 담배가 나를 죽일 시간이라도 남아 있다는 듯이 담배 피우는 걸 두고 계속 구시렁거렸다.

복도로 나가는 문이 살짝 열려 있었고 아이가 휴게실에서 엄마에게 하는 얘기가 들렸다. 두 사람은 저녁마다 똑같은 게임을 했다. 창문에 눈송이가 부딪히는 소리가 잘 자라는 입맞춤처럼 들릴 만큼 병원이 고요해지면 엄마가 아이에게 속삭였다. "나중에 커서 뭐가 되고 싶어?"

아이는 이게 엄마를 위한 게임이라는 걸 알았지만 자

기를 위한 게임인 척했다. 웃으며 "의사" 아니면 "엔지니어"라고 했고 여기에 자기가 제일 좋아하는 직업을 빠뜨리지 않고 덧붙였다. "우주 사냥꾼."

엄마가 팔걸이의자에서 잠이 들어도 아이는 그 자리에 남아서 빨간색이 되고 싶은 의자를 색칠하며 이름이 또끼인 인형에게 말을 걸었다. "죽으면 추워?" 아이가 또끼에게 물었다. 하지만 또끼는 알 수 없었다. 그래서 아이는 만일의 경우에 대비해 배낭에 두툼한 장갑을 챙겼다.

아이가 유리창 너머로 나를 보고도 무서워하는 기미를 보이지 않기에, 나는 그 아이의 부모에게 화가 났던 기억이 난다. 어떻게 비상계단에서 줄담배를 피우며 자기를

쳐다보는 마흔다섯 살짜리 모르는 사람을 보고도 무서워하지 않게 아이를 키울 수 있단 말인가. 하지만 이 아이는 무서워하지 않았다. 아이가 손을 흔들었다. 나도 마주 손을 흔들었다. 아이는 또끼의 앞발을 잡고 문 앞으로 다가와 틈새를 통해 말을 걸었다.

"아저씨도 암이에요?"

"응." 나는 대답했다. 사실이었다.

"아저씨 유명해요? 우리 엄마가 보는 신문에 사진이 실렸던데."

"응." 나는 대답했다. 그것 역시 사실이었다. 신문에 공개된 건 내 재산이었고 아직은 아무도 내가 아프다는 사실을 몰랐지만 나는 병명이 밝혀지면 뉴스거리가 될 만한 인물이었다. 나는 평범한 인물이 아니라서 내가 죽으면 그 소식을 모르는 사람이 없을 것이었다. 다섯 살짜리의 죽음은 기사로 다루어지지 않고, 석간신문에 추모사가 실리지도 않는다. 그 아이들은 아직 발이 너무 작고, 사람들이 관심을 보일 만한 발자취를 남길 시간이 없었다. 하지만 나는 두고 떠나는 것이 있기에, 지금까지 건설하고 일군 사업과 부동산과 자산이 있기에 다들 나에게는 관심을 보인다. 돈은 내게 돈이 아니며, 네가 생각하는 것과 개념이 다르다. 나는 돈을 모으고 계산하지, 돈에 대해서 걱정을 하지는 않는다. 돈이 내게는 점수나 성공의 척도에 불과하다.

“네가 걸린 암하고는 달라.” 나는 아이에게 말했다. 진단을 받았을 때 그게 유일한 위안이었기 때문이다. 의사는 미안하다는 듯이 “아주, 아주 희귀한 암에 걸리셨습니다”라고 설명했다.

나는 심지어 걸리는 암마저 너희와 다르지.

아이는 단호하게 눈을 깜빡이고 물었다. “죽으면 추워요?”

“모르겠는데.” 내가 말했다.

다른 말도 했어야 했다. 좀 더 거창한 말을. 하지만 나는 그런 사람이 아니다. 그래서 담배를 던지고 중얼거렸다. "가구에 낙서 그만해라."

네가 무슨 생각을 할지 알겠다. 뭐 이런 재수 없는 인간이 다 있지? 그리고 그 말은 맞는다. 하지만 성공한 사람들의 절대 다수는 재수 없는 인간으로 거듭난 게 아니라, 오래전부터 이미 재수 없는 인간이었다. 그게 바로 그들이 성공한 이유다.

"암이 있으면 가구에 낙서해도 돼요." 아이는 어깨를 으쓱하며 불쑥 외쳤다. "아무도 뭐라고 안 하거든요."

뭣 때문이었는지 모르겠지만 나는 웃음이 터졌다. 마지막으로 그렇게 웃은 게 언제였던가. 아이도 웃었다. 그러더니 또끼와 함께 자기 병실로 달려갔다.

누굴 죽이는 건 워낙 간단해서 나 같은 사람은 자동차와 몇 초의 시간만 있으면 된다. 왜냐하면 너 같은 사람들은 나를 믿기 때문에, 가장 사랑하는 사람을 잠든 채로 뒷자리에 태우고 어둠을 뚫고 시속 백 몇십 킬로미터로 쇳덩어리를 몰 때 나 같은 사람이 맞은편에서 차를 몰고 오더라도 브레이크가 고장 났을 거라곤 생각하지 않는다. 내가 좌석 사이로 떨어진 휴대전화를 찾거나 과속을 하거나 눈물이 고인 눈을 깜빡이느라 차선을 넘나들 거라곤 생각하지 않는다. 전조등을 꺼놓고 111번 고속도로 진입로에 앉아서 대형 트럭을 기다릴 거라곤 생각하지 않는다. 너는 나를 믿는다. 내가 술에 취하지 않았을 거라고.

너를 죽이지 않을 거라고.

회색 스웨터를 입은 여자가 오늘 아침에 나를 망가진 차체에서 끄집어냈다. 여자는 자기 폴더에 묻은 내 핏자국을 닦았다.

"다른 사람을…… 죽여요." 나는 애원했다.

여자는 코로 체념의 한숨을 내쉬었다.

"그런 식으로 되는 일이 아니라니까. 나한테는 그럴 권한이 없어. 죽음을 죽음으로 맞바꾸는 건 못 해. 목숨을 목숨으로 맞바꾸는 거라면 모를까."

"그럼 그렇게 해요!" 나는 비명을 질렀다.

여자는 슬픈 표정으로 고개를 젓고 손을 내밀어 내 가

슴 주머니에서 담배 한 대를 꺼냈다. 담배는 구부러졌지만 부러지지는 않았다. 그녀는 담배를 길게 두 모금 빨아들였다.

"원래 끊었는데." 그녀가 변명조로 말했다.

나는 피를 흘리며 땅바닥에 누워서 폴더를 가리켰다.

"내 이름도 그 안에 있나요?"

"모든 이의 이름이 있지."

"그게 무슨 뜻이에요? 목숨을 목숨으로 맞바꾼다니."

그녀는 앓는 소리를 냈다.

"너 진짜 바보로구나. 옛날부터 그랬다만."

예전에는 네가 내 것이었다. 내 아들이었다.

병원의 그 여자아이를 보니 네가 생각났다. 네가 태어났을 때 어떤 사태가 벌어졌지. 네가 귀청이 떨어져라 울던 바로 그 순간, 난생처음으로 그 사태가 벌어졌다. 다른 누군가 때문에 가슴이 아파졌다. 나는 내게 그 정도로 영향을 미치는 사람 옆에는 머무를 수가 없었다.

모든 부모는 가끔 집 앞에 차를 세워놓고 5분쯤 그 안에 가만히 앉아 있을 거다. 그저 숨을 쉬고, 온갖 책임이 기다리고 있는 집 안으로 다시 들어갈 용기를 그러모으면서. 스멀스멀 고개를 드는, 좋은 부모가 되어야 한다는 숨막히는 부담감을 달래며. 모든 부모는 가끔 열쇠를 들고 열쇠 구멍에 넣지 않은 채 계단에 10초쯤 서 있을 거다. 나는 솔직했기에 딱 한순간 머뭇거리다가 도망쳤다. 나는 네 어린 시절 내내 출장을 다녔다. 네가 그 여자아이만 한 나이였을 때 나더러 무슨 일을 하느냐고 물은 적이 있었지. 나는 돈을 번다고 대답했다. 너는 그건 누구나 하는 일이라고 얘기했어. 나는 말했다. "아니지, 대부분의 사람은 그냥 목숨을 연명할 뿐이야. 그들은 자기가 가진 것에 가치가 있다고 생각하겠지만 그런 건 없어. 물건에는 기대치에 따라 매겨지는 가격이 있을 뿐이고 나는 그걸 가지고 사업을 한다. 지구상에서 가치가 있는 건 시간뿐이야. 1초는 언제든 1초고 거기엔 타협의 여지가 없어."

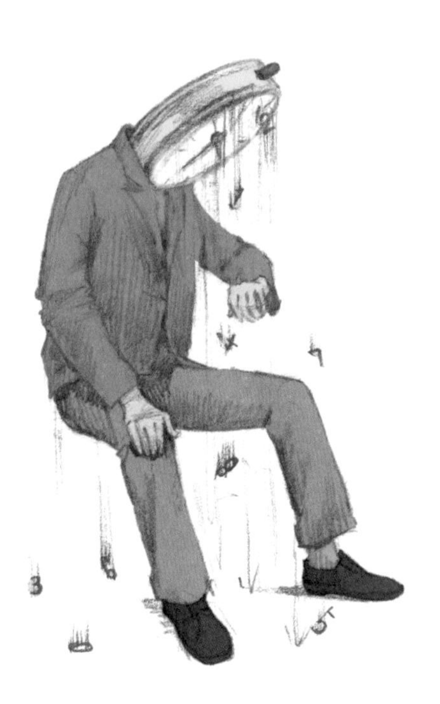

너는 이제 나를 경멸하지, 내가 모든 시간을 일에만 바쳤다고. 하지만 나는 최소한 시간을 무언가에 바치기는 했다. 네 친구의 부모들은 뭐에 인생을 바쳤니? 바비큐 파티와 골프 라운딩? 전세 요트 여행과 텔레비전 프로그램? 그들은 뭘 남기고 떠날까?

너는 이제 나를 미워하지만 한때는 내 아들이었다. 예전에는 내 무릎 위에 앉아서 별이 빛나는 하늘을 올려다보며 무서워했다. 별이 머리 위에 있는 게 아니라 사실은 발아래에 있고, 지구가 워낙 빠른 속도로 회전하기 때문에 너처럼 작고 가벼운 아이는 쉽게 그 어둠 속으로 곧장 떨어질 수 있다는 얘기를 누군가에게 들었기 때문이었지.

현관문은 열려 있었고, 네 엄마는 레너드 코언의 노래를 듣고 있었고, 나는 네게 우리가 실은 조그맣고 아늑한 동굴 깊숙한 데서 살고 있다고, 하늘은 동굴 구멍을 덮는 바위 같은 거라고 말했다. "그럼 별은 뭐예요?" 네가 묻기에 틈새라고, 거길 통해 빛이 조금씩 스며들어 오는 거라고 말했다. 그러고는 네 눈도 내게는 그 틈새 같다고 했지. 빛이 조금씩 스며 나오는 작고 작은 틈새라고. 너는 그 말을 듣고 깔깔 웃었다. 그 이후로 그렇게 웃은 적이 있니? 나도 웃었다. 누구보다 높은 데서 살고 싶어 했다가, 결국 그보다는 땅속 깊숙한 데서 살고 싶어 하는 아들을 두게 된 내가.

창문 너머 거실에서 네 엄마가 볼륨을 높이더니 웃으면서 춤을 추었지. 너는 내 무릎 위로 좀 더 높이 기어 올라왔다. 스쳐 지나가는 순간이었어도 그때 우리는 한 가족이었다. 나는 한두 순간 동안 너희 두 사람의 것이었다.

네가 평범한 아빠를 원했던 걸 안다. 출장 가지 않고, 유명하지 않고, 자기를 쳐다봐주는 두 개의 눈동자, 그러니까 네 눈동자만 있으면 행복해하는 아빠. 너는 네 성을 듣고 누군가가 "죄송하지만 아버님이 혹시……?"라고 묻는 걸 좋아한 적이 없었지. 하지만 나는 그런 아빠가 되기에는 너무 중요한 인물이었지. 나는 너를 학교에 데려다준 적도, 네 손을 잡아준 적도, 생일 촛불을 끌 때 옆에서

도와준 적도, 네 침대에서 책을 네 권째 읽어주다가 내 쇄골에 네 뺨을 얹고 같이 잠든 적도 없었지. 하지만 너는 모두가 갈망하는 모든 걸 가지게 될 거다. 부. 자유. 나는 너를 버렸지만 적어도 욕망의 사다리 꼭대기에 버렸다.

하지만 너는 그러거나 말거나 관심이 없지, 그렇지? 너는 엄마를 닮은 아들이니까. 네 엄마는 나보다 똑똑했고 나는 그걸 절대 용서하지 못했다. 네 엄마는 감정 또한 나보다 풍부했고 그건 약점이었다. 말로 상처를 줄 수 있다는 뜻이었으니까. 너는 그때 너무 어렸던지라 기억 못 할지 모르겠지만 네 엄마가 내 곁을 떠났을 때 사실 나는 눈치채지도 못했다. 출장을 다녀오고 이틀이 지난 다음에서야 너와 네 엄마가 없다는 걸 알아차렸지.

그 뒤로 몇 년이 지나서 네가 열한 살인가 열두 살이 됐을 때 네 엄마와 뭔가로 크게 싸우고 한밤중에 버스를 타고 나를 찾아와 나와 함께 살고 싶다고 한 적이 있었다. 나는 안 된다고 했지. 너는 완전히 이성을 잃고 내 집 현관 입구에 깔린 러그 위에서 울고 흐느끼며 불공평하다고 소리를 질렀다.

나는 네 눈을 쳐다보며 말했다. "인생은 원래 불공평한 거야."

너는 입술을 깨물었다. 시선을 떨어뜨리고 대꾸했다. "아빠는 운이 좋았네요."

그날부터 네가 더는 내 아들이 아니었을까? 모르겠다. 어쩌면 그날 내가 너를 잃었을 수도 있다. 만약 그렇다면, 내 말이 틀렸다. 그렇다면 인생이 공평하다는 뜻이니까.

나흘 전 밤에 여자아이가 다시 유리창을 두드렸다.

"같이 놀래요?" 아이가 물었다.

"뭐라고?" 내가 말했다.

"심심해서요. 같이 놀래요?"

나는 아이에게 자야 할 시간이라고 말했다. 나는 네가 생각하는 그런 사람이니까, 죽어가는 다섯 살짜리가 놀자는데 싫다고 대답하는 사람이니까. 아이는 또끼와 함께 자기 병실로 걸어가다 말고 고개를 돌려서 나를 쳐다보며 물었다. "아저씨도 씩씩해요?"

"뭐라고?"

"다들 나더러 정말 씩씩하다고 그러거든요."

아이의 눈꺼풀이 떨렸다. 그래서 나는 솔직하게 대답했다. "씩씩하게 굴 필요 없어. 무서우면 무섭다고 말해. 생존자들은 전부 그러니까."

"아저씨도 무서워요? 폴더를 들고 다니는 아줌마가?"

나는 침착하게 담배를 빨며 천천히 고개를 끄덕였다.

"나도 그래요." 아이가 말했다.

아이는 또끼와 함께 자기 병실 쪽으로 걸어갔다. 그때 어떤 일이 벌어졌는지 모르겠다.

내가 무너지는 바람에 모든 빛이 쏟아져 나온 걸까? 아니면 쏟아져 들어온 걸까? 나도 악마는 아니다. 심지어 나조차도 암에는 나이 제한이 있어야 한다는 걸 안다. 그래서 입을 열고 이렇게 말했다. "오늘 밤은 그럴 것 없어. 오늘 밤에는 그 아줌마가 오지 못하게 내가 여기서 보초를 설게."

그러자 아이는 미소를 지었다.

다음 날 아침에 나는 일어나서 복도 바닥에 앉아 있었다. 아이와 엄마가 새로운 게임을 하는 소리가 들렸다. 엄마가 물었다. "다음번 생일 파티에는 누굴 초대하고 싶어?" 다음번 생일 파티 같은 건 있을 리 없는데도 아이는 자기가 좋아하는 사람들 이름을 줄줄이 늘어놓으며 장단을 맞췄다. 그날 아침에 나는 작업에 착수했다.

너도 일찌감치 간파했겠지만 나는 이기주의자다. 예전에 네 엄마가 내게는 동등한 사람이 없다고, 뭔가를 얻어내야 하는 윗사람과 짓밟아야 하는 아랫사람만 있을 뿐이라고 소리 지른 적이 있었다. 그녀의 말이 맞았기에 나는 윗사람이 한 명도 남지 않을 때까지 계속 전진했다.

하지만 내 이기주의가 얼마나 강력할까? 너도 알다시피 모든 걸 거리낌 없이 사고팔 정도는 되지만 내가 시체를 밟고 올라갈 수도 있을까? 누굴 죽일 수도 있을까?

내게는 남동생이 있었다. 너한테 그 얘기는 한 번도 한 적이 없었지. 우리가 태어났을 때 그 아이는 이미 죽어 있었다. 어쩌면 이 세상에는 우리 둘 중 한 명의 자리밖에

없었는데 내가 그 자리를 좀 더 원했는지 모르지. 내가 자궁에서 내 동생을 밟고 올라간 거다. 나는 심지어 그때부터 승자였다.

폴더를 들고 다니는 여자가 거기, 병원에 있었다. 나는 사진에서 본 적이 있다. 가끔 우리 어머니가 밤에 혼자 술을 마시다가 너무 취해서 그 사진을 치우는 걸 깜빡하고 곯아떨어질 때가 있었다. 사진마다 전부 그 여자가 있었다. 창밖으로 보이는 초점이 안 맞은 인물이나 복도의 흐릿한 형체로. 나와 동생이 태어나기 전날에 찍은 사진에서는 그녀가 주유소에서 우리 부모님 뒤에 줄을 서 있었다. 어머니는 만삭이었다. 그 사진 속에서 아버지는 함박

웃음을 짓고 있었다. 아버지가 그렇게 웃는 걸 본 적이 없었는데. 내 평생 아버지는 미소를 짓는 게 고작이었는데.

다섯 살 때는 어느 철길 옆에서 폴더를 든 여자를 보았다. 내가 막 철길을 건너려는데 여자가 반대편에서 앞으로 뛰쳐나오며 뭐라고 소리를 질렀다. 나는 놀라서 그길로 걸음을 멈추었다. 1초 뒤에 등장한 열차가 천둥 같은 소리를 내며 바로 앞을 지나가는 바람에 나는 넘어졌다. 열차가 완전히 지나갔을 무렵에는 그녀가 보이지 않았다.

열다섯 살 때는 단짝 친구와 쿨라베리의 바닷가로 놀러 간 적이 있었는데 암벽을 반쯤 올라갔을 때 회색 스웨터를 입은 여자가 우리 옆을 지나갔다. "조심해라, 비가 오면 돌이 미끄러우니까." 그녀는 이렇게 중얼거렸지. 나는 여자가 이미 사라진 뒤에서야 그녀의 정체를 알아차렸다. 30분 뒤에 비가 내리기 시작했고 내 단짝 친구는 거꾸로 추락했다. 비는 멈출 생각이 없는 듯 그 친구의 장례식 날까지 계속 내렸다. 교회를 나서는데 여자가 보였다. 헬싱보리에서만 그렇듯, 우산을 들고 광장에 서 있었는데도 뺨에 빗방울이 묻었지.

아버지가 편찮으셨던 마지막 날 밤, 요양원의 아버지 방 앞에서도 그녀를 보았다. 나는 화장실에서 나오는 길이었고 그녀는 내가 있는 걸 알아차리지 못했다. 회색 스웨터를 입고 까만색 연필로 폴더에 뭔가를 적고 있었다.

그러더니 아버지의 방으로 들어가서 나오지 않았다. 아버지는 다음 날 아침에 돌아가셨지.

어머니가 편찮으셨을 때 나는 해외에서 일하고 있었다. 전화로 어머니가 이렇게 속삭였을 때 얼마나 힘없이 들렸는지 모른다. "병원에서는 전부 정상이래." 어머니가 갑작스럽게 돌아가시지 않을까 내가 걱정하지 않도록 그렇게 말씀하신 거였다. 우리 부모님은 항상 모든 게 평범하길 바랐다. 내 동생이 죽은 이후로 줄곧 그저 남들과 비슷하길 바랐다. 그래서 내가 끈질기게 남달라지려고 했는지 모른다. 어머니가 밤사이에 돌아가시자 나는 감정인을 고용해 어머니의 아파트와 유품을 살피게 했다. 그가 사진을 보냈다. 그중 침대를 찍은 어느 사진을 보니 바닥에 까만색 연필이 떨어져 있었다. 내가 집에 도착했을 무렵에는 연필이 사라지고 보이지 않았다. 엄마의 슬리퍼가 현관 앞에 놓여 있었고 밑창에 조그만 회색 털실 뭉치가 붙어 있었다.

나는 자식 농사에 실패했다. 아버지로서 아들에게 인생에 대해 가르쳐주어야 하는데, 너는 실망스러운 결과물이었다.

너는 지난가을, 내 마흔다섯 번째 생일에 내게 전화를 했었지. 네가 이제 막 스무 살이 되었을 때 말이다. 너는 예전 티볼리 건물에 취직했다고 말했다. 시에서 신축 민영 아파트를 지을 공간을 마련하기 위해 광장 맞은편으로 그 건물을 그대로 이전한 다음이었지. 우리 둘은 워낙 다르기에 너는 '민영'이라는 단어를 말하며 엄청난 혐오감을 보였다. 네가 역사에 집중한다면 나는 발전에 집중하고, 네가 향수(鄕愁)에 집중한다면 나는 단점에 집중하지.

내가 너를 취직시켜 줄 수 있었지만, 수백 군데에 취직시켜 줄 수 있었지만, 너는 4세대 전에 증기선 터미널로 쓰였을 때부터 당장이라도 무너질 듯한 그 건물에 있는 술집 비닐바렌의 바텐더로 일하고 싶어 했다. 나는 행복하냐고 무뚝뚝하게 물었다. 나는 그런 사람이니까. 그리고 너는 이렇게 대답했다. "충분히요, 아빠. 충분히요." 내가 그 단어를 싫어한다는 걸 알고서 한 대답이었다. 너는 예전부터 행복해할 줄 아는 성격이었다. 그게 얼마나 엄청난 축복인지 너는 모를 거다.

네 엄마가 시켜서 한 전화였을지 모르겠다. 내가 어디 아픈 건 아닌지 의심했던 것 같아. 그런데 너는 그 술집으

HH - Ferries

로 나를 초대했지. 그곳에서 스뫼레브뢰드를 판다며. 네가 어렸을 적 크리스마스에 페리를 타고 덴마크에 갈 때면 내가 늘 그 샌드위치를 먹었다는 걸 기억한 거지. 너도 알겠지만, 네 엄마는 나더러 1년에 한 번만이라도 너와 특별한 시간을 보내라며 잔소리를 했다. 하지만 나는 가만히 앉아서 대화를 나누지 못하고 계속 어디론가 가야 하는 성격이었고 너는 차를 타면 멀미를 했다. 그래서 우리 둘 다 페리를 좋아했지. 나는 건너가는 길을, 너는 건너오는 길을. 나는 모든 걸 두고 떠나는 걸 좋아했지만 너는 갑판에 서서 수평선 위로 등장하는 헬싱보리를 보는 걸 좋아했다. 집으로 가는 길, 네가 알아볼 수 있는 실루엣. 너는 그걸 사랑했지.

나는 지난가을에 함토리에트에 차를 세우고 그 안에서 술집 유리창 너머로 너를 지켜보았다. 너는 칵테일을 만들며 사람들을 웃게 만들었지. 나는 들어가지 않았다. 암에 걸렸다고 얘기하게 될까 봐 겁이 났거든. 그럼 너의 동정을 감당할 수 없을 테니까. 나는 물론 술에 취해 있었고, 그래서 너와 네 엄마가 사는 집 앞의 계단과, 내가 약속한 시간에 오지 않으면 네가 거기 앉아서 나를 기다리며 보냈던 시간을 떠올렸다. 나 때문에 네가 허투루 날려버린 그 모든 순간을. 크리스마스에 같이 탔던 페리도 떠올렸다. 일찌감치 돌아와야 남은 시간 동안 내가 술을 마실 수 있었기 때문에 항상 아침 일찍 출발했었지. 네가 열네 살이었을 때 떠난 마지막 페리 여행에서는 내가 헬싱외르의 지하에 있는 바에서 네게 포커 치는 법을 가르쳤고, 돈을 잃고 있는 사람들을 분간하는 방법을 알려주었지. 독한 증류주 슈납스를 앞에 두고 힘없이 앉아 있는 사람이라고. 게임을 이해하지 못하는 그 사람들을 이용하는 법도 가르쳐주었지. 너는 6백 크로나를 땄다. 나는 계속하고 싶었지만 너는 애원하는 눈빛으로 나를 보며 말했다.
"6백 크로나면 충분해요, 아빠."

너는 페리를 타러 가는 길에 보석 가게에 들어가서 그 돈으로 귀걸이를 샀다. 나는 1년이 지난 다음에서야 네가 마음을 얻고 싶은 여자아이에게 주려고 귀걸이를 산 게 아니라는 걸 알아차렸다. 네 엄마에게 주려고 산 거였지.

너는 두 번 다시 포커를 치지 않았다.

나는 자식 농사에 실패했다. 너를 강하게 키우려고 했는데. 너는 다정한 아이로 자랐으니.

폴더를 든 여자가 어젯밤 늦게 병원 복도를 걸어왔다. 나를 보더니 걸음을 멈추더구나. 나는 도망치지 않았다. 그전에 그녀를 만났던 모든 순간을 떠올렸다. 내 남동생을 데려갔을 때. 내 단짝 친구를 데려갔을 때. 내 부모님을 데려갔을 때. 나는 더 이상 두려움에 떨지 않을 작정이었다. 마지막 순간까지 적어도 그 능력만큼은 잃지 않을 작정이었다.

"당신이 누군지 알아요." 나는 일말의 떨림도 없이 말했다. "사신이죠?"

여자는 얼굴을 찡그리며 아주, 아주 기분 나쁜 듯한 표정을 지었다. "나는 사신이 아니야." 그녀는 중얼거렸다.

"내 일과 나는 별개지."

그 말을 듣고 나는 김이 샜다. 솔직히 그런 상황에서 그런 대답을 들을 줄은 몰랐거든.

여자는 찌푸렸던 미간을 풀고 했던 말을 반복했다. "나는 사신이 아니야. 내가 하는 일은 태우고 가서 내려주는 것뿐이니까."

"나는—" 내가 말문을 열었지만 그녀가 바로 말허리를 잘랐다.

"너는 워낙 자기밖에 모르는 인간이라 내가 평생 너를 따라다닌 줄 알지? 하지만 나는 너를 보살피고 있었던 거야. 아끼는 인간으로 다른 바보를 선택할 수도 있었는데…….” 그녀는 관자놀이를 문질렀다.

“아끼는…… 인간이라고요?” 나는 말을 더듬었다.

그녀는 손을 내밀어 내 어깨를 건드렸다. 차가운 손가락을 내 가슴 주머니 쪽으로 움직여 담배를 한 대 빼갔다. 그녀는 담배에 불을 붙이고 폴더를 단단히 움켜쥐었다. 연기 때문이었겠지만, 그녀가 속삭일 때 쓸쓸한 눈물 한 줄기가 뺨을 타고 흘러내렸다. “아끼는 인간을 두는 건 규정 위반이야. 그러면 위험해지니까. 하지만 가끔은…… 가끔은 우리도 일을 하다가 힘든 날이 있거든. 네 동생을 데리러 갔을 때 네가 하도 요란하게 비명을 지르는 바람에 고개를 돌려서 네 눈을 보고 말았지. 원래는 그러면 안

되는데."

나는 갈라진 목소리로 물었다. "알고 있었나요……? 내가 어떤 사람이 되고 어떤 업적을 이룰지…… 알고 있었나요? 그래서 내가 아니라 동생을 데려갔나요?" 그녀는 고개를 저었다. "그런 식으로 되는 게 아니야. 우리는 미래를 몰라, 그저 주어진 일만 할 뿐이지. 하지만 너를 만났을 때 내가 실수를 저질렀어. 네 눈을 보았더니 가슴이…… 아프더라고. 원래는 가슴 아파하면 안 되는 건데."

"내가 동생을 죽인 건가요?" 나는 코를 훌쩍였다.

"아니." 그녀가 대답했다.

나는 절망적으로 흐느꼈다. "그럼 동생을 데려간 이유

가 뭐예요? 내가 사랑하는 사람들을 전부 데려가는 이유가 뭐예요?"

그녀는 내 머리에 다정하게 손을 얹었다. 그러고는 속삭였다. "누굴 데려가고 누굴 남길지 우리가 결정하는 게 아니야. 우리가 가슴 아파하는 게 규정 위반인 것도 그 때문이지."

의사에게 병명을 듣고 나서 나는 깨달음을 얻은 게 아니라 장부를 정리했다. 내가 일군 모든 것과 내가 남긴 모든 발자취를 정리했다. 나약한 인간들은 나 같은 사람을 보면 항상 이렇게 얘기한다. "돈이 많긴 하지만 과연 행복할까?" 그게 무슨 척도라도 되는 듯이. 행복은 어린아이나 동물을 위한 것이고 거기엔 실질적인 기능이 전혀 없다. 행복한 사람들은 아무것도 창조하지 않는다. 그들의 세상에는 예술도 음악도 마천루도, 발견도 혁신도 없다. 모든 리더, 네가 아는 모든 영웅은 하나같이 집착이 심하다. 행복한 사람들은 무언가에 집착하지 않고, 질병을 치료하거나 비행기를 띄우는 데 일생을 바치지 않는다. 행복한 사람들은 아무것도 남기지 않는다. 그들은 현재를 위해 살고 오로지 소비자로서 지구상에 존재한다. 나와 다르게.

그런데 어떤 사태가 벌어졌다. 병명을 들은 다음 날 아침에 나는 로오 옆의 바닷가를 걷다가 개 두 마리가 바닷속으로 뛰어 들어가 파도와 장난을 치며 노는 걸 보았다. 그리고 나는 궁금해졌다. 내가 그 개들처럼 행복한 적이 있었는지. 그 정도로 행복해질 수 있었는지. 행복해지는 게 그럴 만한 가치가 있는 일인지.

여자가 내 머리에서 손을 뗐다. 그녀는 부끄러워하는 것처럼 보였다.

"우리는 원래 감정을 느끼면 안 된다. 하지만 내 일과 나는…… 별개니까. 나는…… 취미도 있어. 뜨개질."

그녀는 입고 있는 회색 스웨터를 가리켰다. 나는 애써 감탄하는 표정으로 고개를 끄덕였다. 그래주길 바라는 것 같았기 때문이다. 그녀는 연기가 들어간 눈으로 덩달아 고개를 끄덕였다. 나는 있는 힘껏 심호흡을 했다.

"당신이 이제 나를 데리러 왔다는 거 압니다. 그리고 나는 죽을 준비가 됐어요." 나는 용케 이 말을 꺼냈다. 무슨 기도라도 되는 듯이. 하지만 그녀는 내가 그보다 더 두

려워하던 얘기를 했다. "너를 데리러 온 게 아니야. 아직은. 내일 일어나보면 네가 멀쩡하다는 걸 알 수 있을 거다. 너는 앞으로 한참 동안 죽지 않을 테니 뭐든 네가 원하는 걸 이룰 시간이 남아 있다."

나는 부들부들 떨었다. 어린아이처럼 내 몸을 끌어안고 흐느꼈다. "그럼 여기는 어쩐 일로 온 겁니까?"

"내 일을 하러."

그녀는 내 뺨을 다정하게 토닥였다. 그러더니 복도를 걸어가 어느 문 앞에서 폴더를 펼쳤다. 천천히 까만색 연필을 꺼내 어느 이름 위에 가위표를 그렸다. 그런 다음 그 아이의 병실 문을 열었다.

그제 나는 아이와 엄마가 싸우는 소리를 들었다. 아이가 우유갑으로 공룡을 만들고 싶어 했는데 그럴 시간이 없었다. 아이는 화를 냈고 엄마는 울었다. 그러자 아이는 좌절의 널뛰기를 하듯 입가를 실룩이며 화를 풀었고 엄마의 손을 잡고 말했다. "알았어요. 그럼 게임은 어때요?"

두 사람은 전화 통화를 하는 척했다. 엄마는 자신이 해적에게 인질로 붙잡혀 아무도 모르는 섬으로 끌려가고 있다며, 거기서 하늘을 나는 해적선을 같이 만들어주면 집으로 돌아갈 수 있다고 했다. 아이는 깔깔 웃었고, 엄마한테서 그 이후에 우유갑 공룡을 같이 만들겠다는 약속을 받아냈다. 그런 다음 자기는 '애개인'들과 함께 우주선에 타고 있다고 설명했다. "외계인"이라고 엄마가 바로잡았다. "애개인"이라고 아이가 바로잡았다. "이 애개인한테는 커다란 버튼이 달린 이상한 기계가 있는데, 애개인들이 거기 달린 선을 내 팔에 연결했어요. 얼굴에는 마스크를 쓰고 부스럭거리는 유니폼을 입고 있어서 머리밖에 안 보여요. 그리고 이렇게 속삭여요. '옳지, 착하지. 옳지, 착하지. 옳지, 착하지.' 그러고는 10부터 숫자를 거꾸로 세요. 숫자가 1이 되면 난 잠이 들어요. 잠을 자고 싶지 않아도요!"

아이는 이쯤에서 입을 다물었다. 그냥 게임인데도 엄마가 울음을 터뜨렸거든. 그래서 아이는 이렇게 속삭였다.

"애개인들이 나를 살릴 거예요, 엄마. 최고 실력자들이거든요."

엄마는 아이에게 백만 번 입을 맞추고 싶은 걸 참아야 했다. 간호사들이 와서 아이를 바퀴 달린 침대로 옮기고 수술실로 데려갔다. 커다란 버튼이 달린 이상한 기계를 지났다. 아이의 팔에 선이 연결됐고 애개인들은 부스럭거리는 유니폼을 입고 얼굴에 마스크를 쓰고 있어 침대 위로 몸을 기울이면 머리밖에 보이지 않았다. 그들이 "옳지, 착하지. 옳지, 착하지. 옳지, 착하지"라고 속삭이며 10부터 숫자를 거꾸로 셌다. 숫자가 1이 되자 아이는 잠이 들었다. 잠들지 않으려고 했지만.

내가 내 생각과는 다른 사람이었다고 스스로 인정하는 건 정말이지 끔찍한 일이다. 너 같은 평범한 사람들은 할 수만 있다면 그 아이를 살리겠지? 당연히 그러겠지. 그래서 회색 스웨터를 입은 여자가 아이의 병실 문을 열었을 때 내 안의 일부분이 무너졌다. 알고 보니 내가 생각보다 평범한 사람이었거든. 여자를 밀치고 폴더를 낚아챈 다음 도망쳤거든. 너 같은 사람들 중 하나인 것처럼.

내 차가 병원 앞에 주차되어 있었다. 내 차는 브레이크등에 불이 들어온 적이 없었지. 바퀴는 눈밭에서 붙잡을 만한 것을 찾느라 버둥거렸고. 나는 베리아리덴을 타고 시내 쪽으로 가다가 스트란드베엔을 타고 바다를 향해 북

쪽으로 달렸다. 세상에서 가장 아름다운 구간이지. 소피에로 성 옆 나무 사이를 벼락처럼 뚫고서 라뢰드의 테라스 하우스 쪽으로 달렸고 111번 고속도로에 도착할 때까지 속도를 늦추지 않았다. 큰길로 합류하는 진입로에서 차를 멈추고 전조등을 껐다. 대형 트럭이 다가오자 나는 그 앞으로 곧장 차를 몰았다. 충돌의 순간은 기억나지 않는다. 귀를 때리던 통증과 강철이 포일처럼 우그러지며 내 위로 쏟아지던 불빛만 기억날 뿐. 그리고 온 사방의 피.

여자가 나와 폴더를 망가진 차에서 끄집어냈다. 그녀는 내가 "다른 사람을 줄 테니 그 사람을 죽여요!"라고 외쳤을 때 그게 나를 의미했다는 걸 깨달았다. 하지만 그

렇다고 해서 달라질 건 아무것도 없었다. 그녀는 죽음을 죽음으로 맞바꿀 수는 없었다. 목숨을 목숨으로 맞바꿀 수만 있을 뿐.

옷 아래로 부는 헬싱보리의 모든 바람을 맞으며 땅바닥에 누워 있는 나에게 그녀가 진득하게 설명하기 시작했다. "네가 죽는 걸로는 부족해. 그 여자아이의 온 생애가 들어갈 수 있을 만한 공간을 만들려면 다른 생명이 존재를 멈추어야 하거든. 그 생명 안의 내용을 삭제해야 해. 그러니까 네가 네 목숨을 내주면 네 존재는 사라질 거야. 너는 죽는 게 아니라 애당초 존재한 적 없는 사람이 되는 거지. 아무도 너를 기억하지 않아. 너는 여기 없었던 사람이니까."

목숨을 목숨으로. 그게 그런 뜻이다.

그녀가 나를 너한테 데려간 것도 그런 이유에서였다. 내가 포기하려는 게 뭔지 보여줘야 했으니까.

한 시간 전에 우리는 함토리에트에 서서 유리창을 사이에 두고 술집을 치우는 너를 바라보았다. "아이의 관심은 절대 되찾을 수 없어." 네 엄마가 예전에 이런 말을 한 적이 있었지. "예의를 갖추기 위해서가 아니라 진심으로 부모의 말에 귀를 기울이는 시기, 그 시기가 지나면. 그 시기가 맨 먼저 지나가 버리거든."

여자는 내 옆에 서서 너를 가리켰다. "네 목숨을 병원의 그 여자아이에게 주면 너는 저 아이의 아빠였던 적이 없게 된다."

나는 엇박자로 눈을 깜빡였다.

"만약 내가 죽으면……."

"죽는 게 아니야." 그녀가 내 말을 바로잡았다. "삭제되는 거지."

"하지만…… 내가 만약…… 내가 아예……."

그녀는 이해하지 못하는 나를 보고 피곤한 듯 고개를 저었다. "네 아들은 그대로 남지만 아버지가 다른 사람이 될 거야. 너의 업적도 모두 그대로 남지만 다른 사람이 일군 업적이 될 테고. 네 발자취는 사라져. 너는 존재한 적 없는 사람이 되고. 너희 인간들은 항상 언제든 목숨을 내어줄 각오가 되어 있다고 생각하지만 그것도 실제로 어떤 일이 수반되는지 알아차리기 전의 얘기지. 너는 네 유산에 집착하잖아, 안 그래? 죽어서 잊히는 걸 감당하지 못하잖아."

나는 한참 동안 아무 대답도 하지 않았다. 너라면 그랬을지, 네 목숨을 남에게 주었을지 생각했다. 너는 그랬을 것이다. 너는 네 엄마를 닮았고 네 엄마는 이미 목숨을 내놓았으니까. 너와 나를 위해 사느라 자기 인생을 포기하지 않았니.

나는 여자를 돌아보았다. "병에 걸린 뒤로 매일 저녁 여기 앉아서 저 아이를 보았어요."

그녀는 고개를 끄덕였다. "알아."

나도 그녀가 안다는 걸 알았다. 그 무렵에는 그 정돈 파악한 상태였다.

“매일 저녁마다 인간을 바꾼다는 게 가능한 일일지 생각했죠.”

“그래서 내린 결론은?”

“인간은 생긴 대로 산다.”

그 말을 듣더니 그녀가 너를 향해 똑바로 걸어가기 시작했다. 나는 겁에 질렸지. “어디 가요?” 내가 큰 소리로 물었다.

“네 뜻이 분명한지 확인하고 싶어서.” 그녀는 대답하고 주차장을 건너서 비닐바렌의 문을 두드렸다.

나는 그녀를 뒤쫓아 달려가 나지막이 쏘아붙였다. “저 아이 눈에 우리가 보여요?”

내가 뭘 기대했는지 모르겠다. 여자는 나를 돌아보더니 놀리듯이 한쪽 눈썹을 추켜세우고 대답했다. "내가 무슨 얼어 죽을 유령도 아니고. 당연히 보이지!"

네가 문을 열자 그녀는 "맥주 한잔 마셔야겠어"라고 중얼거렸다. 너는 아쉽게도 영업이 끝났다고 차분하게—네 엄마였어도 그렇게 했겠지—설명하려고 했지만 그녀는 아랑곳하지 않았지. 그런데 잠시 후에 네가 나를 보았다. 바로 그 순간 너와 나의 세상이 완전히 정지하지 않았나 싶다.

너는 찢어진 내 양복이나 얼굴에 묻은 핏자국을 보고도 아무 말도 하지 않았다. 그보다 더 심한 몰골도 본 적 있으니까. 회색 스웨터를 입은 여자는 스뫼레브뢰드를 먹고 맥주 세 잔을 연거푸 마셨지만 나는 커피를 달라고 했지. 그 말을 듣고 네가 어찌나 좋아하던지. 우리는 거의 아무 말도 하지 않았는데, 왜냐하면 하고 싶은 말이 너무 많았기 때문이었지. 그럴 때 우리 사이엔 늘 정적이 흐르잖니. 너는 바 카운터를 닦고 유리잔을 정리했고 나는 사랑이 담긴 네 손길에 대해서 생각했다. 너는 좋아하는 걸 만질 때면 항상 거기서 심장이 뛰고 있는 듯이 다루잖니. 너는 그 술집을 아꼈고 이 도시를 사랑했지.

사람들과 건물과 해협 위로 다가오는 밤을. 심지어 바람과 천하에 쓸모없는 축구팀까지. 이곳은 나와는 다른 차원에서 너의 도시였다. 너는 애초부터 알맞은 곳에 있었기에 네 인생을 찾아서 떠날 필요가 없었지.

나는 회색 스웨터를 입은 여자에게 너한테 들은 얘기를 전했다. 시에서 티볼리 건물을 광장 바로 맞은편으로 고스란히 옮겼다고 말이다. 아버지들이 그런다. 아들 앞에 앉아서 아들의 얘기를 제삼자에게 한다, 아들이 직접 얘기하게 하면 될 것을. 여자는 숨 쉴 틈도 없이 눈을 깜빡이며 나를 쳐다보았다.

"관심 없어요?" 내가 물었다.

"전혀, 전혀, 전혀 관심 없는데." 그녀는 대답했다.

그러자 네가 웃음을 터뜨렸다. 요란하게. 그 소리를 듣고 나는 속으로 노래를 불렀지.

내가 몇 가지를 물었고 너는 대답을 했다. 너는 이 건물의 역사를 존중하는 마음을 담아서 이 술집의 모든 걸 꾸몄다고 했지. 그 마음이 드러나더구나. 너한테 그 얘길 했어야 했는데. 너는 어떤 것도 기억하지 못할 테니 너를 위해서가 아니라 나를 위해서. 네가 자랑스럽다는 얘길 했어야 했는데.

네가 모든 걸 말끔하게 치웠을 즈음 나는 내가 마신 커피 잔을 들고 어색하게 너를 따라갔다. 네가 몸을 돌려서 그 잔을 받았을 때 우리 손이 잠깐 포개졌다. 네 손끝에서 심장의 두근거림이 느껴졌다.

너는 바 카운터에 앉은 여자를 흘끗 쳐다보았다. 그녀는 칵테일 메뉴를 읽다가 '진, 라임, 파스티스, 트리플 섹'으로 만든다는 칵테일 위에서 시선이 멈춘 참이었다. 칵테일 이름이 콥스 리바이버 넘버 3, 즉 시체 부활자였다. 그녀가 그걸 보고 웃음을 터뜨리자 너도 따라서 웃었다. 네가 웃은 이유는 그녀와 전혀 다르겠지만.

"아빠가…… 음, 그러니까…… 아빠랑 비슷한 또래를 만나서 다행이에요." 네가 조용히 말했다.

나는 뭐라고 대꾸하면 좋을지 알 수가 없었다. 그래서

아무 말도 하지 않았다.

너는 웃으며 내 뺨에 입을 맞추었다. "메리 크리스마스, 아빠."

내 심장이 철렁 내려앉았고 너는 문을 지나 주방으로 들어갔다. 나는 차마 너를 다시 부를 수가 없었다. 1초는 항상 1초다. 이 세상에서 가장 확실한 한 가지가 그 1초의 가치다. 모두가 항상 줄기차게 협상을 한다. 날마다 인생을 걸고 거래를 한다. 이게 내 거래 조건이었다.

여자가 남은 맥주를 다 마셨다. 바 카운터에서 폴더를 집었다. 우리는 야외 좌석으로 나갔다. 헬싱보리에서 가장 전망이 좋은 곳으로 선택받기 위한 경쟁이 치열했지만, 그

곳은 평온하면서도 자신만만해 보였다. 자기가 얼마나 근사한지 알기에 과시할 필요가 없는 거다. 굽이치는 파도, 부두에 닻을 내린 페리, 바다 저쪽에서 기다리는 덴마크.

"어떤 식으로 이루어지나요?" 내가 물었다.

"안으로 뛰어들지." 여자가 대답했다.

"아픈가요?" 내가 물었다.

그녀는 슬픈 표정으로 고개를 끄덕였다.

"겁이 나네요." 나는 실토했지만 그녀는 고개를 저었다.

"너는 겁이 나는 게 아니야. 그냥 아쉽고 슬픈 거지. 너희 인간들에게 슬픔이 공포처럼 느껴진다는 걸 가르쳐주는 이가 없으니."

"우리가 뭘 아쉬워하는데요?"

"시간."

나는 술집 유리창을 턱으로 가리키며 속삭였다. "저 아이가 뭐 하나라도 기억할까요?"

그녀는 고개를 저었다. "가끔, 한 1초 동안 왠지 모르게 허전한 기분을 느낄 수도 있겠지. 하지만…… 그러다……." 그녀는 손가락을 퉁겼다.

"그 여자아이는요?"

"자기 인생을 살 거다."

"그 둘을 지켜봐줄래요?"

여자는 천천히 고개를 끄덕였다. "어쨌든 예전부터 그

규정이 마음에 안 들었어."

나는 재킷 단추를 채웠다. 바람이 아래에서 불어오고 있었다. "우리가 가게 되는 곳이…… 추운가요?" 내가 물었다.

하지만 여자는 아무 대답이 없었다. 그냥 내게 털장갑을 건네고 그만이었다. 회색이었는데 한 짝에 가느다란 빨간색 실 한 줄이 대롱대롱 매달려 있었다. 그녀는 주머니에서 조그만 가위를 꺼내 조심스럽게 그 실을 잘랐다. 그런 다음 내 손을 잡았고 우리는 안으로 뛰어들었다. 너는 이 글을 읽지 못할 거다. 네 엄마의 집 앞 계단에 앉아서 나를 기다리지도 않을 거다. 나 때문에 시간을 허투루

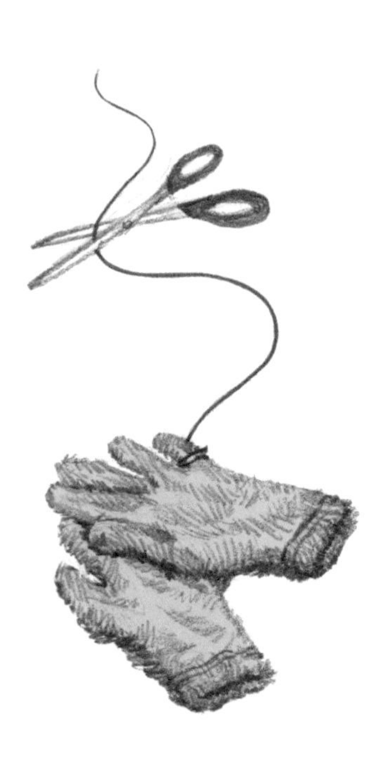

날리지도 않을 거다.

폴더를 든 여자와 내가 안으로 뛰어들었을 때 항상 네 눈에 비치던 헬싱보리가 아주 찰나의 순간 내 눈에도 보였다. 네가 아는 어떤 것의 실루엣처럼. 고향. 그곳은 마침내 그제야 우리의 도시가 되었다. 너와 나의 도시가 되었다.

그리고 그거면 충분했다.

조만간 일어나겠구나. 크리스마스이브 아침이다. 이 아빠는 널 사랑했다.

옮긴이 **이은선**

연세대학교에서 중어중문학을, 국제학대학원에서 동아시아학을 전공했다. 편집자, 저작권 담당자를 거쳐 전문 번역가로 활동 중이다. 옮긴 책으로는 『우리와 당신들』 『베어타운』 『하루하루가 이별의 날』 『브릿마리 여기 있다』 『할머니가 미안하다고 전해달랬어요』 『애니가 돌아왔다』 『초크맨』 『위시』 『미스터 메르세데스』 『사라의 열쇠』 『셜록 홈즈: 모리어티의 죽음』 『딸에게 보내는 편지』 『11/22/63』 『통역사』 『그대로 두기』 『누들 메이커』 『몬스터』 『리딩 프라미스』 『노 임팩트 맨』 등이 있다.

일생일대의 거래

초판 1쇄 인쇄 2019년 10월 23일
초판 2쇄 발행 2019년 11월 25일

지은이 프레드릭 배크만
옮긴이 이은선
펴낸이 김선식

경영총괄 김은영
책임편집 이상화 **디자인** 문성미 **책임마케터** 이고은 **크로스교** 조세현
콘텐츠개발2팀장 김정현 **콘텐츠개발2팀** 문성미, 정지혜, 이상화
마케팅본부 이주화, 정명찬, 최혜령, 이고은, 권장규, 최두영, 허지호, 박재연, 김은지, 박태준, 배시영, 기명리, 박지수
저작권팀 한승빈, 이시은
경영관리본부 허대우, 하미선, 박상민, 윤이경, 권송이, 김재경, 최완규, 이우철
외부스태프 일러스트 조은교

펴낸곳 다산북스 **출판등록** 2005년 12월 23일 제313-2005-00277호
주소 경기도 파주시 회동길 357 2, 3층
대표전화 02-704-1724 **팩스** 02-703-2219 **이메일** dasanbooks@dasanbooks.com
홈페이지 www.dasanbooks.com **블로그** blog.naver.com/dasan_books
종이 · 인쇄 · 제본 · 후가공 (주)갑우문화사

ISBN 979-11-306-2696-3 (03850)

- 책값은 뒤표지에 있습니다.
- 파본은 구입하신 서점에서 교환해드립니다.

- 이 도서의 국립중앙도서관 출판시도서목록(CIP)은 서지정보유통지원시스템 홈페이지(http://seoji.nl.go.kr)와 국가자료종합목록시스템(http://www.nl.go.kr/kolisnet)에서 이용하실 수 있습니다.
  (CIP제어번호 : CIP2019041705)